글벗시선167 신희목 두 번째 시조집

바람길에서

신희목 지음

도서출판 글벗

나는 바람을 기다린다

난 아직도
가끔은 바람을 기다린다.

물안개라도 피는
그런 날은 말할 수 없이 좋다.

간혹
파도 소리를 타고 오기도 하고,

어느 날은
희망이란 이름으로 오기도 한다.

오늘은
바람길에서 안부를 전합니다.

사랑합니다.

2022년 봄날에

차 례

■ 시인의 말 나는 바람을 기다린다 · 3

제1부 봄봄

제2부 유월의 눈물

제3부 가을의 전설

제4부 겨울 강가에서

제5부 감춰진 아픔

제1부

봄봄

바람

파릇한
봄 오는 길
꽃바람 달려온다

바람난
봄바람이
온종일 헤매이고

쏟아진
사랑의 향기
취해버린 내 마음

봄봄

바람이 오가다가
쉬었다 가는 자리
푸릇한 새 생명이
오롯이 솟아나고
푸릇한 미소 벙그는
어화둥둥 봄이다

나비가 노닐다가
사쁜히 앉은 자리
향긋한 내음새에
봄꽃이 방긋하고
봄 향기 남실거리는
어절씨구 봄이다

물안개(1)

빛바랜
추억 한 올
거뭇거뭇 피어나서

비릿한
젖내 담아
가슴을 헤집어 든

늘 너는
내 어머니의
모습으로 젖어온다

홍매화

휘영청
달빛 아래
톡 내민 붉은 입술

닿을 듯
다가와도
수줍어 닿질 못 해

시간은
흘러만 가고
애가 타는 내 마음

나의 노래

얄궂은
봄 내음에
마음 길 심란하여

한쪽 눈
깜박이는
밤 하늘 별을 본다

불현 듯
떠오르는 정
불러보는 노래여

바람길

바람이
오는 길로
그대가 오시려나

아침 창
유난히도
밝기만 하답니다

그대의
발자국 소리
벌써 들려오는 듯

애가(哀歌)

달빛을
눈에 담고
넌지시 웃어주던

그 웃음
뒤 안에는
처연함 있었더라

그날의
아픈 시련을
말이라도 해주지

시린 오월(五月)

소금기
간이 배인
안동장 간 고등어

오일장
다녀올 제
다섯 손 묶음 타래

고등어
비린 내음에
시린 오월 애 닳다

애상(哀想)

하얀 꽃
바람결에
낙화로 새는 밤은

버선발
툇마루가
아직도 선합니다

아버님
어마님 전에
불효자 읍하옵니다

아침 뜨락

행복아
너 한 근만
나에게 빌려다오

고운 님
잠든 곁에
한 아름 놓아주어

아침 창
고운 얼굴에
환한 웃음 지피게

오늘도 내일은 어제

가벼운
발걸음에
행복지수 높여라

오늘도 내일이면
어제라 부르리리

우리는
사랑할 날이
아직 많이 남았어

교차로에는

오가는
사람마다
마음은 다 달라도

신호등
점등 따라
발길은 하나더라

교차로
네 거리에는
사연들만 쌓이네

미소 꽃

연노랑
꽃 한 떨기
깜직한 눈웃음에

아침 길
부푼 가슴
하루가 아름다워

그대야
꽃 닮은 당신
환한 미소 보고파

나비잠

여명이
밝아오고
새벽이 타오른다

햇무리
번진 하늘
날씨도 좋을시구

창틈의
햇살 한 줌이
나비잠을 깨운다

낮달

지난밤
지새우고
모자란 짧은 수면

그래도
조급한 맘
일찍도 나섰어라

낮에 온
처연한 저 달
일그러진 자화상

벚꽃

가는 길 서러워라
눈물방울 뚝 뚝 뚝
지나는 바람 타고
안녕을 고하건만
퍼렇게
멍든 내 가슴
인사 없이 보낸다

괜스레 붉어지는
눈시울 외면하고
외로운 구름 하나
가는 길 물어보며
하얀 옷
벗어들은 임
약속 없이 보낸다

자야(1)

구름을
따라나서
고향길 접어드니

고갯길
휘어 돌면
송아지 울음소리

엊그제
꿈속에서는
옆집 자야 보았지

자야(2)

따뜻한 바람처럼
착하던 너의 마음
초저녁 저 별빛은
자야를 닮았구나
오늘을 다한 하루가
어둠 속에 잠기네

바람이 살랑이고
풀 향기 풍겨오네
움츠린 겨우살이
이제야 끝나는가
낭랑한 그대 목소리
봄비 따라오려나

꽃진 자리

어둠이 가슴속을 까맣게 칠을 하고
오늘 밤 저 빗소리 그리움 불러 오네
사람아 그리울 때면 한번쯤은 만나자

빗물에 꽃은 지고 남겨진 하얀 상처
선명한 꽃 진 자리 눈물로 얼룩지네
사람아 못 다한 인연 슬퍼하며 사는 가

꽃잎이 내려앉은 좁다란 골목길에
키 작은 저 그림자 외로움 젖어있네
사람아 생각이 나면 연락 한번 주려마

찔레꽃(1)

알싸한 내음새는
그대의 마음이야
살아온 세월 동안
많이도 아팠지요
뽀족한 바늘가시가
나 때문에 생겼소

하얗게 피어나는
수줍은 당신이여
긴 세월 촛불 켜고
맘 졸인 날이었죠
오늘도 하얀 미소로
곱기만 한 우리 님

찔레꽃(2)

새하얀
찔레꽃이
곱게도 피었어요

그리운
우리 님이
꽃향기 맡고 오게

올해도
예쁜 하얀 꽃
아름답게 피웠소

찔레꽃(3)

후미진 뒤안길에
숨어서 피어난 꽃
수줍어 말도 못해
하 세월 기다린 맘
달빛이
여행하는 밤
저 혼자서 춤추리

가시로 몸 사리고
홀로서 피어난 꽃
태양도 외면하는
산기슭 어둔 자리
달빛이
흐려지는 밤
가슴 열고 노래해

제2부

유월의 눈물

임 소식

꽃향기 남실대는
산하에 자리하고
지나는 바람에게
내 마음 띄우리라
가다가 그곳 닿으면
잘 있다고 전하오

싱그런 바람 따라
들길을 걸음 할 때
가슴을 스쳐가는
옛사랑 저며 든다
꽃 같은 그대 모습은
아직 여전하지요

고향길

고향 길
걷노라면
눈물이 난답니다

책가방
둘러매고
달음박질하던 길

어디로
가버렸는지
잡초만이 무성해

사랑둥이

당신이 남겨주신
그 사랑 한 그루는
닐마다 미소 짓고
꽃으로 피어났소
꽃잎은 흐드러지다
지고 마는 그리움

그대가 놓고 가신
사랑의 흔적에서
이제는 먼지 않고
이끼가 살아가오
한번 쯤 생각나는 날
사랑둥이 찾으오

해무(海霧)

바다가
몰고 오는
바람은 해무 타래

꼭 잡은
앞가슴을
비집는 시린 언어

자욱한
어지럼증에
뒤적이는 그날들

고전 읽기

임 향한 일편단심
수청을 거절하다
춘향이 칼을 차고
옥방에 갇히었네
온다던
이몽룡이는
굳은 약속 잊었나

오작교 다리 아래
부용화 피어나고
변학도 엎드려서
사시나무 떨 듯이
남원골
경사 났어요
암행어사 출두요

함께라서

내 마음 너에게로
네 마음 나에게로

만나면 즐거웁고
돌아설 땐 아쉬워

많이도
듣고 싶던 말
함께라서 좋았어

내일은

한바탕
울음보로
이 세상 태어났다

슬픈 일
기쁜 일도
웬만큼 다 겪었다

내일은
또 다른 오늘
단단 하자 힘내자

사랑님

지천에
흩어지는
환장할 꽃향기에

봄인가
하였더니
어느새 여름이다

전해 온
사랑님 소식
오늘밤이 행복해

사필귀정(事必歸正)

무엇이
서러워서
아직도 칭얼대누

왜 그리
아프다고
이 밤도 울고 있나.

아서라
모든 것은 다
사필귀정 이란다

옹이

바람이
다가와서
물어보고 가네요

못난이
모습으로
그렇게 사느냐고

내 임을
대신한 아픔
훈장이라 말할래

설렘

한 잎이
내려앉고
또 한 잎 흘림체로

하르르
어깨춤이
사위도 고왔어라

내 마음
저 꽃잎 닮아
하룻날이 설레네

누구 없소

사립짝
발짝 소리
누구인가 엿듣고

공연히
덤벼오는
그리운 맘 어쩌나

한바탕
비는 퍼 붓고
누구 없소 어 어이

우미인초

파리한 외줄기에 청초한 너의 모습

어설픈 눈 맞춤도 살포시 웃어주네

나긋한 너의 모습에 널 사랑할 수밖에

연분홍 눈 흘김에 벌 나비 찾아오고

바람에 장단 맞춰 탱고는 시작되네

여린 듯 귀여운 자태 널 좋아할 수밖에

달무리

추녀 끝 기와 골에
와송이 홀로 살고

가파른 절벽위에
청솔이 굽어보는

고즈넉 산사를 찾는
저 달빛이 고와라

추녀 밑 풍경 하나
저 혼자 울어 예고

적막한 골짜기에
밤안개 가득해라

산사에 내린 이슬이
은빛으로 빛난다

일기 예보

아이야 일어나라
하늘이 수상하다
말리던 빨래 걷고
비설거지 하여라
오늘도 할머니 무릎
일기 예보 떴구나

애들아 어서 와라
구름이 이상하다
마당에 멍석 말고
고추도 거두어라
할머니 백발백중의
일기 예보 떴단다

유월의 혼

꽃잎이
피기도 전
선혈로 뒤덮였고

거룩한
호국의 맘
조국을 살리었소

임들의
피로 산화한
드높은 뜻 기리리

유월의 눈물

희멀건 동태탕에
피난살이 눈물 담고
비탈진 강냉이 밭
총소리 멎었어라
해마다
찾아오는 달
가슴 저민 유월아

녹슬은 철모 하나
묵정밭에 묻히었고
뒷동산 마루턱에
가랑비가 내린다
아직도
끝나지 않은
잔병치레 유월아

유월애(愛)

푸르름
더해 가는
성하의 계절이여

나뭇잎
살랑이며
바람 불어 좋은 날

해거름
저녁나절에
발걸음이 가볍다

우리 강산

바람은
무심하게
남과 북을 오가고

달빛은
어느 쪽도
가로막지 않는데

찢어진
우리 강산은
언제까지 가려나

제3부

가을의 전설

가을의 전설(傳說)

가을이 오는 길을
그대여 보았나요
어느 날 붉은 칠을
문틈으로 보인 것은
오는 길 가득히 채운
오색 전설 보따리

나뭇잎 붉어지다
바람에 지고 마오
곁가지 끄트머리
저 혼자 덩그러니
서러운 눈물 감추는
또 하나의 전설로

메리골드

가을 향 가득 품은
바람의 결을 따라
꼭 오고야 말 행복
그대 오는 길인가요
나는요
방긋 미소로
마중 갈까 합니다

매무새 고쳐 앉아
가을볕에 서 있소
꼭 오실 거란 믿음
며칠 밤을 새웠다오
나는요
두 팔 벌려서
맞으리다 그대를

시선(視線)

바람이
부르는가
가을이 찾는 건가

소리에
눈을 드니
창밖이 붉어온다

눈길이
머무는 그곳
헤실거리는 단풍잎

추야(秋夜)

흐르는
달무리에
기러기 날아가고

버들잎 떨어지니
개울물 흐르더라

이슬이
젖은 마당은
그리움만 내리네

하늬바람

갈잎이 떨어지니
달빛이 흐려지네

아직도 집을 못 간
산새는 푸덕이고

빈 가슴
하늬바람에
이 가을이 깊어라

가을은 오고

붉으며 푸르르며
가을이 오고 있다
낭창한 갈댓잎은
바람에 시우대고
채이는 낙엽 소리는
가던 길을 되돈다

스산한 가을바람
가슴에 파고든다
파랑을 타고 오는
너울은 춤을 추고
가을 길 만산홍엽은
눈가에서 젖는다

꽃잎 한 장

구월이 건너가는
저 강물 도도하다
간다는 인사 없어
보내는 맘 아쉬워
검붉게 타는 노을 속
설운 눈물 고인다

흐르는 바람에게
물어도 대답 없다
가야만 한다기에
웃음으로 보내리
흐르는 저 강물 위에
꽃잎 한 장 띄운다

굴레

오라네
오라하네
가던 길 멈추고서

가라네
가라하네
오던 길 되돌아서

세월의
굴레 속에서
무심하게 걷는다

내 삶의 젊은 날

바람이
싱그러운
아침을 또 맞는다

황금빛
저녁노을
가슴에 담아본다

이 순간
내 삶 젊은 날
아름답게 가련다

또 가을

세월은
가자하고
발길은 무거웁다

밤마다
산새들은
무엇이 서러운지

인생길
회유도 없이
또 가을은 가는데

청풍명월(清風明月)

솔향을
몰고 오는
푸르른 바람이여

높다란
밤하늘엔
하얀 달 웃어주네

하루해
지친 마음을
너와 함께 하노라

별똥별

어느 별 떠돌다가
지구별 왔다더냐
무엇이 이유이고
이름이 무엇인지
수많은
별들의 순례
길을 잃은 방랑자

먹빛의 밤하늘에
한줄기 선명한 빛
누구의 사랑인가
한 떨기 꽃잎처럼
푸른 별
헤매던 사랑
이제야 오는가

그대랑

저무는
가을 길을
그대랑 걷고 싶다

별빛의
밤바다를
그대랑 보고 싶다

오롯이
그대 생각에
사랑으로 새는 밤

짱아

눈부신 하늘가에 사랑놀이 벌였다
사뿐히 나풀나풀 춤을 추는 재주꾼
가만히 보기만 해도 얼굴 가득 미소 꽃

날 개인 마당에서 재롱잔치 열렸다
한 바퀴 강강술래 돌고 도는 무희들
붉은 정 고추잠자리 비단 무늬 날갯짓

한가위

논두렁 밭두렁에
익어가는 가을이
지난날 모진 풍파
용케도 견디었네
보름달 다시 뜨는 밤
그나마도 고맙다

아침이 집어 삼킨
한가위 보름달은
지난밤 소원 기도
하나씩 안고 가서
아픔을 어루만지고
기쁨으로 오겠지

가을 얼룩

청정한
가을 하늘
멋지게 차려입고

달콤한 모닝커피
한 모금 마시다가

얼룩진
갈색 자국이
왜 그대가 있나요

코스모스

연분홍
꽃잎 접어
앙다문 속앓이는

영롱한
구슬 가득
한 가슴 담았어라

고운 님
오시는 날에
활짝 열어 드리리

붉은 저녁

하늘은
뭉게구름
날개 펴는 갈매기

미풍은 불어오다
발 앞에 머무는데

비릿한
바다 소리가
내 가슴을 저민다

흰 구름
마음 실어
저 먼 곳에 보내리

바람길 외진 걸음
어느새 가을인가

저녁이
붉게 익는다
나도 이제 가야지

물안개 (2)

물안개
피어나는
강가를 서성인다

철새들
모두 가고
텅 비어 버린 언덕

흐르는
저 강물마저
소리 없이 가는데

향일엽(向日葉)

오늘도
기다리는
나 홀로 해 바라기
그대가 아니 오고
하루가 허전한 맘
행여나
나 못 본 사이
가시지는 않았죠

날마다
그리다가
이름도 해 바라기
당신의 그 걸음 길
기쁨으로 따르리
오롯이
그대 향한 맘
향일엽을 아시죠

네 마음

구름아
너는 자꾸
내 마음 떠 보는가

시시각각 변하는
네 마음 못 마땅해

지긋이
마음 한 조각
놓아두고 가려마

가을 단상

구름이 머무르는
재 너머 마을에도
하나 둘 익어가는
능금 알 붉었드냐
어스름
저녁노을에
가는 세월 무상타

바람이 흘러가는
그곳이 어디메뇨
휘어진 감나무에
하얀 달 걸리었다
풀벌레
소리 잦아진
삼경 지나 야심타

제4부

겨울 강가에서

피어나리라

봄이라
생각하자
아니면 여름하고

이 겨울
오래 안 가
조금만 기다리자

또 꽃은
피어나리라
산과 들 지천으로

백설(白雪)

꽃잎이
나부낀다
꽃 같은 눈이 온다

버리지
못한 욕심
못 지운 마음의 짐

온 세상
거짓과 위선
흔적 없이 덮는다

서리꽃

새하얀
사랑 꽃이
곱게도 피었어라

야속한
아침 오면
또 그대 가시나요

가는 길
눈물만큼은
보이지를 마소서

자작나무

나이가
어찌 됐소
검버섯 덕지덕지

산새가
쪼았나요
돌팔매 맞았나요

그 흉터
기쁨과 슬픔
유구하게 쌓였소

세한도

소나무
전나무의
사계절 그 푸른 뜻

풍상을
겪으면서
뒤돌아 볼 즈음에

함박눈
쌓이는 겨울
문을 열고 보소서

징검다리

네 마음 묻은 자국
내 마음 젖은 흔적

낮에는 고운 햇살
밤에는 하얀 달빛

그 날을
밟아 가는 길
예전 네가 그립다

생각 하나

바람이
부는 들판
하늘도 무량하다

철새는
날아가고
헐렁한 나뭇가지

가지 끝
남아 맴도는
생각 하나 일는 날

바람(風)

風, 風, 風
겨울바람
창문을 두드리고

通, 痛, 統
무슨 소리
골목길 뉘 구른다

虛, 虛, 虛
추운 겨울 밤
바람만이 세차다

삶

물결 위 흘러가는
나뭇잎 한 장인 걸
간혹은 부딪혀서
생채기 나기도 해
인생길
지나는 길에
더 한 일도 많았소

달빛에 눈 흘겨도
다 지난 일인걸요
불거진 돌부리에
멍든 적 많았어라
이만큼
감당해 온 삶
훌륭했다 말하오

노둣돌(下馬石)

얼마나 울었더냐
오래도 견디었다

광대문 소리 나면
꿈에서 깨어날까

찾는 이
보이지 않고
덩그러니 서 있소

메밀묵

어둠에
녹아든 밤
꿈길로 가는 여정

지난 날
회상하며
고운님 기다릴 제

메밀묵
찹쌀떡 사려
꿈결 속에 들린다

눈꽃

밤사이
배달돼 온
하얀 꽃밭 눈 천지

온 세상
불 밝히듯
하얗게 수놓았네

수취인
불명이라고
돌아가진 않겠지

하얀 둥지

메마른 골목길에
눈보라 휘날리고

허리 휜 할머니는
아랫목 지키신다

오늘도 하루 끼니는
때우셨나 모른다

비탈진 눈길에는
발자국 하나 없고

노쇠한 할아버지
창문만 바라본다

오늘은 그 지팡이를
잡지 말아 주세요

첫눈

첫눈이
내리면요
그때가 그리워요

성탄의
캐럴송이
가슴을 적시네요

첨탑에
걸린 별 하나
그대 생각납니다

홍시

올해도
어김없이
홍시가 걸리었소

까치밥
남겨 두신
울 어매 정이려오

어머님
새벽 찬 이슬
후회 눈물 이외다

오라지

강여울
거스리며
바람이 차가운데

동백꽃 망울 따라
그리움 멍울 지네

한 번쯤
귀소의 본능
연어처럼 오라지

눈

한낮에
오는 눈은
나비를 닮았어라

한밤에
내린 눈은
벚꽃이 떨어진 줄

마음에
쌓이는 눈은
어이하면 하나요

마음 하나

첫눈이
나비처럼
하얗게 내립니다

세월에
얽힌 약속
지키지 못하고서

엎혀진
마음 하나가
젖은 가슴 헤집네

겨울 강가에서

그날은
비가 왔어
두 사람 한 우산 속

강 언덕
버드나무
약속을 새겼었지

하얀 눈
겨울 강가에
소식 한 줄 없어라

제5부

감춰진 아픔

정월(正月)의 달

산허리
걸터앉은
창백한 겨울의 달

곱상한
눈웃음은
어디로 가버리고

파리한
네 모습에서
아픈 연민 서린다

깐부

잊었어
깐부란 말
뭘 그리 바빴는 둥

몰랐어
처음에는
어릴 적 쓰던 말을

소중한
우리말 하나
친구처럼 반갑다

연리지(連理枝)

둘인 듯
하나로서
천년을 약속하고

그날의
언약들로
영원을 기약하리

그리운
나의 사람아
연리지를 꿈꾸오

연(燕)

날렵한
물 찬 제비
올해도 찾아올까

얼마나
남았는가
강남서 오는 날이

희망의
기도를 한다
수상하다 이 봄이

연(煙)

해거름
꽃피우듯
밥 짓는 저녁연기

지금은
볼 수 없는
지난날 추억이야

그 옛날
회상 속에서
눈물 되어 피노라

연(連)

네와 너
두 마음을
하나로 이어주오

하 세월
아쉬움을
오롯이 모아들고

철 지난
지금에라도
고운 정을 나누리

연(蓮)

이슬을
머금은 뜻
청초함 그대로다

영롱한
물방울들
알알이 구름하고

한 떨기
온화한 미소
마음마저 발그레

연(戀)

어젯밤
꿈속에서
그대를 보았어요

잔주름
눈가에는
세월의 그늘 빛이

아프고
또 아파져도
그대를 사모하오

연(緣)

우리가
잡은 이 손
하늘이 정해준 길

아플 때
기뻐할 때
기꺼이 같이 가오

언제나
이 인연 하나
영원토록 가지리

연(鳶)

맞바람
타고 올라
하늘로 올라보자

흰 구름
얼싸안고
두둥실 어화둥둥

펼쳐라
꿈과 희망을
하늘 높이 날아라

사랑아 사랑아

사랑이 별거더냐 말들을 하면서도
돌아서 하늘 보며 눈시울 적시기는
마음속 새긴 사랑이 아프기만 하지요

얼굴엔 미소 활짝 가슴엔 눈물 철철
비우려 애를 써도 잊을 수 없는 건가
떠나간 미운 사랑은 바람결에 날려요

청자 빛 하늘 닮은 슬픔을 간직한 체
이슥한 밤이 오면 몸살로 지새는 밤
사랑아 아픈 사랑아 너를 놓아 주련다

너나 나나

여보게
너나 나나
똑같은 인생살이

한번쯤
상처받고
그렇게 살아가지

아파도
참아 내면서
너털웃음 한번을

기다림

밝은 달
떠오르긴
아직도 멀었더냐

하루해
저문 지가
한참을 지났건만

어두운
골목길에는
외로움만 서린다.

사랑이야

사랑이
매웁다고
싫어한 사람 있소

열병에
그리웁고
아프고 서러워도

행여나
꿈에서라도
보고 싶어 하잖아

커피, 그 한잔의 행복

암갈색
사연 담은
추억 속 너의 의미
따뜻함 때로는 찬
그대는 무한 변신
헤설픈
웃음소리가
너로 인해 밝는다

어디서
온 게더냐
어느 날 너와 만남
달콤함 때로는 쓴
생떼도 무죄더라
한잔 속
그윽한 향기
이 순간이 행복해

회상(回想)

하늘에
빗금 긋고
네 이름 적어본다

잊은 듯
했었는데
불현듯 생각나네

오롯이
오늘 밤길도
일찍 자긴 틀렸다

감춰진 아픔

장미꽃
아픈 사연
그대는 아시나요

진홍색
꽃잎에는
그리움 가득 하죠

비 오는
밤이 서러워
혼자 우는 장미화

두레박

짓무른
눈가에는
퇴색한 고향 담고

불거진
목울대에
쌓여온 시간 담아

가슴팍
풀어헤치고
푸덕이는 몸짓을

세월 빚

발끝에 채여지는
세월의 무게만큼

움켜진 가슴에는
지긋한 통증이 온다

어쩌랴 할퀴고 가는
세월에 진 빚인 걸

이마에 얹힌 훈장
살아온 길이만큼

쌓여진 사연일랑
추억이라 말하며

무심히 가는 이 길에
다 빚으로 두련다

바람벽

산모롱
길옆에는
추억의 집 하나 있어

지금은
반쯤 헐어
온기 없는 외딴집

키 작은
꽃 한 송이가
바람벽에 걸렸다

□ 서평

희망과 행복의 바람이 불다
– 신희목 시집 『바람길에서』

최 봉 희(시조시인, 평론가, 글벗 편집주간)

정현종 시인의 말을 빌리면, 시의 공간은 우리를 새로 태어나게 하는 태이며 씨앗이다. 우리의 의식과 감수성이 충분히 신선하고 민감할 때 우리가 정말 살아 있는 것이라고 한다면, 시는 이러한 신선함과 민감성을 회복시키는 고향 같은 숨결인 것이다. 바람이 우주의 숨결이듯 시는 우리의 마음을 바람처럼 움직여 우리를 활력 속으로 열어놓는다.

바람은 기압의 변화로 일어나는 대기의 흐름을 말한다. 그 가변성과 역동적 속성 때문에 인간의 존재의 의미를 일깨워주는 촉매제 되는가 하면 무소유, 고난을 상징하는 매개체로 작용을 해왔다.

그러면 신희목 시인의 '바람'은 어떤 이미지로 표현되었을까? 신희목 시조집 『바람결에서』에 '바람'이라는 어휘가 총 35회 등장한다. 그 바람의 이미지를 탐구해 보고자 한다.

첫째 신희목의 시조에 나타난 바람은 봄바람이다. 어떤

대상이나 이성에 마음이 이끌려 들뜬 상태를 의미하기도
한다. 봄이 오는 길에 달려오는 바람이다. 그중에 꽃바람이
눈에 들어온다. 바람난 봄바람으로 그 향기는 사랑의 향기
에 취해버린다. 사랑에 폭 빠지게 하는 바람인 셈이다.

파릇한
봄 오는 길
꽃바람 달려온다

바람난
봄바람이
온종일 헤매는 꿈

쏟아진
사랑의 향기
취해버린 내 마음
- 시조 「바람」 전문

아울러 그 봄바람은 푸른 생명을 솟아나게 하는 바람이
다. 향긋한 봄꽃이 방긋 피우는 향긋한 내음으로 꽃바람이
자 신나는 봄바람이다. 다시 말해 사랑의 향기를 품은 봄
바람이다.

바람이 오가다가
쉬었다 가는 자리
푸릇한 새 생명이

오롯이 솟아나고
푸릇한 미소 벙그는
어화둥둥 봄이다

나비가 노닐다가
사뿐히 앉은 자리
향긋한 내음새에
봄꽃이 방긋하고
봄 향기 남실거리는
어절씨구 봄이다
ㅡ 시조 「봄봄」

　두 번째 바람은 이별의 바람이다. 눈물을 뚝뚝 흘리듯 퍼
렇게 멍든 가슴을 떠나보내는 아픔의 바람이다. 눈시울 붉
힐 만큼 약속되지 않은 이별로 하늘나라로 떠나보내는 임
과의 이별을 떠올리는 아픔의 바람이다.

가는 길 서러워라
눈물방울 뚝뚝뚝
지나는 바람 타고
안녕을 고하건만
퍼렇게
멍들은 가슴
인사 없이 보낸다

괜스레 붉어지는
눈시울 외면하고

외로운 구름 하나
가는 길 물어보며
하얀 옷
벗어들은 임
약속 없이 보낸다
– 시조 「벚꽃」 전문

 벚꽃이 지는 때에 부는 봄바람이기는 하나 눈물의 바람이
요, 하얀 옷을 입은 임을 떠나보내는 아픔의 바람이다. 퍼
렇게 멍든 가슴으로 임을 보내야 하는 이별의 바람이기도
하다.

하얀 꽃
바람결에
낙화로 새는 밤은

버선발
툇마루가
아직도 선합니다

아버님
어마님 전에
불효자 읍하옵니다
– 시조 「애상」 전문

 꽃이 피면 지는 것이 정해진 자연의 이치다. 그를 통해

역시 바람은 자신을 성찰하게 하는 존재로서 돌아가신 부모님을 떠올리게 한다. 자신이 불효자임을 깨닫게 하는 성찰의 바람인 셈이다.

　　구월이 건너가는
　　저 강물 도도하다
　　간다는 인사 없어
　　보내는 맘 아쉬워
　　검붉게 타는 노을 속
　　설운 눈물 고인다

　　흐르는 바람에게
　　물어도 대답 없다
　　가야만 한다기에
　　웃음으로 보내리
　　흐르는 저 강물 위에
　　꽃잎 한 장 띄운다
　　- 시조 「꽃잎 한 장」 전문

셋째 스러져갈 우리의 인생을 의미한다. 숲에서 일어나는 바람을 통해 젊은 날 우리들이 꾸는 꿈의 아름다움과 나이 들어 알아채는 우리들의 존재에 대해 인식한다. 그리고 본래의 우리의 모습으로 나아가 자아에의 회귀를 노래한다.
　이 시조에서도 바람은 절대적인 고독한 존재인 우리의 실존과 물아일체의 경지가 된다.

붉으며 푸르르며
가을이 오고 있다
낭창한 갈댓잎은
바람에 시우대고
채이는 낙엽 소리는
가던 길을 되돈다

스산한 가을바람
가슴에 파고든다
파랑을 타고 오는
너울은 춤을 추고
가을 길 만산홍엽은
눈가에서 젖는다
– 시조 「가을은 오고」 전문

 이 시조에서 역시 바람과 자아와의 일체화를 시도하고 있
다. 가을바람은 가슴에 파고들어 우리의 가슴을 적신다. 시
라 함은 시인이 바라보는 세계와의 만남에서 획득되는 느
낌과 진실의 표출이라 할 수 있다. 이 시의 화자는 자신이
속한 세계에서 바람을 바라보고 있다. 바람은 허망하다.

솔향을 / 몰고 오는
푸르른 바람이여

높다란 / 밤하늘엔
하얀 달 웃어주네

하루해 / 지친 마음을
너와 함께 하노라
　- 시조 「청풍명월」 전문

　시인은 시적 화자를 통해 현재 그런 삶에 대해 깊은 생각
에 침잠해 있다. 이때 시인은 시적 화자의 몸을 빌어서 불
어오는 바람과 만나게 되고, 바람과 함께 하면서 자신을
동일시하게 되는 경지에 다다르게 된다.

바람이 / 싱그러운
아침을 또 맞는다

황금빛 / 저녁노을
가슴에 담아본다

이 순간 / 내 삶 젊은 날
아름답게 가련다
　- 시조 「내 삶의 젊은 날」 전문

　본래 바람이라하는 것은 실체가 없는 것으로 그것은 '무
화(無化)' 그 자체다. 그리고 또한 바람은 그렇게 흘러간
다. 이 세상의 다른 것들도 바람은 쓸어 간다. 내가 모든
걸 여의듯이 바람도 역시 모든 걸 여의어 가는 것이다. 그
런 까닭에 제 자신으로 부터 벗어나려 했을 때 문득 죽음
의 이미지와 마주치게 된다. 이때의 바람은 우리의 육신을

허공에 흩날려 버리는 여읨과 무화의 이미지가 된다.

> 가을이 오는 길을
> 그대여 보았나요
> 어느 날 붉은 칠을
> 문틈으로 보인 것은
> 오는 길 가득히 채운
> 오색 전설 보따리
>
> 나뭇잎 붉어지다
> 바람에 지고 마오
> 곁가지 끄트머리
> 저 혼자 덩그러니
> 서러운 눈물 감추는
> 또 하나의 전설로
> – 시조 「가을의 전설」 전문

 이 시에서 바람이기를 갈망하면서도, 동시에 자아가 사라지는 것을 받아들일 수는 없었다. 바람이 원래 주인임을 인식해야 하면서도, 그 자신이라고 인식되는 자아自我를 또한 사라지도록 할 수는 없는 것이었기 때문이다. 그래서 시인은 '가을의 전설'로 홀로 덩그러니 남는 것이다.
 결국 자기 자신으로 인식되고 있는 자아가 실은 바람이 잠시 머무는 거처에 지나지 않는다는 것을, 필연적으로 소멸의 운명에 있는 부수적인 존재, 떨어지는 존재임을 인식한다는 것은 바로 외로움과 끝 모를 쓸쓸함이었을 것이다.

갈잎이 떨어지니
달빛이 흐려지네

아직도 집을 못 간
산새는 푸덕이고

빈 가슴
하늬바람에
이 가을이 깊어라
- 시조 「하늬바람」 전문

바람은 자아를 해체시킨다. 바람의 본성은 곧, 우주의 무
한한 변화와 그 변화가 숨기고 있는 신비한 힘이다. 그 앞
에서 자아는 두려워할 수밖에 없었던 것이다.
인간이라는 이름의 유한한 존재인 우리들은 자신에게 곧
닥쳐올 확연한 해체 앞에서 두려움에 떨어야 했던 것이다.

바람이 / 부르는가
가을이 찾는 건가

소리에 / 눈을 뜨니
창밖이 붉어온다

눈길이 머무는 그곳
헤실거리는 단풍잎

- 시조 「시선」 전문

 하지만 동시에 신희목 시인은 그 바람을 통해 구원을 예
감하고 있다. 세상에 있는 것들은 어떤 것으로도 세월의
바람을 막을 수 없다. 가을이 돌아오고 단풍이 들고 나서
나뭇잎이 지는 것을 막을 수 없는 것이다. 오히려 우리의
몸이 바람에 의해 해체되고 가벼워졌을 때 그 구원은 번쩍
이면서 빠르게 다가올 것을 예감한다. 왜냐하면 움츠린 겨
울이 지나가고 이제 곧 봄이 오기 때문이다. 바로 희망의
봄, 행복의 봄을 기다리는 것이다.

　　따뜻한 바람처럼
　　착하던 너의 마음
　　초저녁 저 별빛은
　　자야를 닮았구나
　　오늘을 다한 하루가
　　어둠 속에 잠기네

　　바람이 살랑이고
　　풀 향기 풍겨오네
　　움츠린 겨우살이
　　이제야 끝나는가
　　낭랑한 그대 목소리
　　봄비 따라 오려나
　　－시조 「자야(2)」 전문

그러나 시적 자아가 기다리고 소망하는 바람이 있다. 따뜻한 봄바람이 불어올 것이다. 바람이 살랑이고 풀 향기 풍겨오는 날에 낭랑한 봄비 따라 임은 곧 올 것이다.

바람이 오는 길로
그대가 오시려나

아침 창 유난히도
밝기만 하답니다

그대의 발자국 소리
벌써 들려오는 듯
- 시조 「바람길」 전문

시인은 바람을 맞이할 준비를 한다. 그것도 '바람길'에서 말이다. 왜냐하면 사랑하는 그대가 오는 길이요, 아침이 열리는 밝은 희망의 길이기 때문이다. 그 길에서 시인은 바람을 기다리는 것이다. 그런 의미에서 '바람길'은 임을 마중하는 길임에 틀림없다.

꽃향기 남실대는
산하에 자리하고
지나는 바람에게
내 마음 띄우리라
가다가 그곳 닿으면
잘 있다고 전하오

싱그런 바람 따라
들길을 걸음 할 때
가슴을 스쳐가는
옛사랑 저며 든다
꽃 같은 그대 모습은
아직 여전하지요
- 시조 「임 소식」 전문

사랑하는 임에게 바람을 통해 내 마음을 전하고 싶은 것이다. 그리움의 바람이요. 임을 기다리는 바람인 것이다. 그 바람은 마침내 사랑하는 임과 함께 춤을 추는 것이다.

파리한 외줄기에 청초한 너의 모습
어설픈 눈 맞춤도 살포시 웃어주네
나긋한 너의 모습에 널 사랑할 수밖에

연분홍 눈 흘김에 벌 나비 찾아오고
바람에 장단 맞춰 탱고는 시작되네
여린 듯 귀여운 자태 널 좋아할 수밖에
- 시조 「우미인초」 전문

그 바람은 봄바람이다. 모든 생명이 움트고 마침내 푸른 생명에게 삶의 역동성을 가져오는 희망의 바람이 되는 것이다. 그래서 바람이 불어 좋은 날이다.

푸르름 더해 가는
성하의 계절이여

나뭇잎 살랑이며
바람 불어 좋은 날

해거름 저녁나절에
발걸음이 가볍다
- 시조 「유월애」 전문

그뿐인가. 바람은 막힘없이 오가는 사랑처럼 분단된 남과
북을 오가고 가로막지 못하는 존재로서 만남을 희구하고
소망한다. 그 만남을 달빛도 가로막지 못하는 상황이다. 남
북으로 갈라진 상황은 언제까지 가려는지 바람처럼 아무런
욕심 없이 남북을 오가길 소망한다.

바람은
무심하게
남과 북을 오가고

달빛은
어느 쪽도
가로막지 않는데

찢어진
우리 강산은
언제까지 가려나

- 시조 「우리 강산」 전문

바람은 또한 임이 곧 오실 것이라고 믿고 있다. 메리골드
처럼 '꼭 오고야 말 행복'을 기다리듯 며칠 밤을 밤새워 만
남을 소망하고 그를 마중하러 나서는 것이다.

가을 향 가득 품은
바람의 결을 따라
꼭 오고야 말 행복
그대 오는 길인가요
나는요
방긋 미소로
마중 갈까 합니다

매무새 고쳐 앉아
가을볕에 서 있소
꼭 오실 거란 믿음
며칠 밤을 새웠다오
나는요
두 팔 벌려서
맞으리다 그대를
- 시조 「메리골드」 전문

지금까지 신희목 시조에 나타난 바람의 이미지를 살펴보
았다. 시인이 아직도 바람을 기다리고 있다. 그 바람은 희
망의 이름이요, 아픔의 바람이기도 하지만 행복의 바람이
기도 하다. 시인은 신나는 바람이 불어올 것이라고 믿는

것이다.

> 난 아직도
> 가끔은 바람을 기다린다.
> (중략)
> 간혹
> 파도 소리를 타고 오기도 하고,
>
> 어느 날은
> 희망이란 이름으로 오기도 한다.
> – 머리말 「나는 바람을 기다린다」 일부

신희목 시인은 '바람길'에서 희망과 행복을 만나기 위해서 오늘도 기다리고 있다.

다시금 신희목 시인의 시조 쓰기를 응원한다. 우리 겨레의 시가인 시조 사랑을 통해서 그의 행복이 펼쳐지길 소망한다. 어쩌면 그의 시조 창작이 행복으로 가는 바람길이 아닌가싶다. 그의 끊임없는 시조 사랑을 지켜보고 싶다. 그리고 오래도록 시조를 쓰는 시인으로 그 이름을 남았으면 좋겠다.

다시금 신희목 시인의 행복과 건강을 기원한다.

■ 글벗시선167 신희목 두 번째 시조집

바람길에서

인 쇄 일 2022년 5월 2일
발 행 일 2022년 5월 2일
지 은 이 신 희 목
펴 낸 이 한 주 희
펴 낸 곳 도서출판 글벗
출판등록 2007. 10. 29(제406-2007-100호)
주 소 경기도 파주시 와석순환로 16,(야당동)
　　　　　롯데캐슬파크타운 905동 1104호
홈페이지 http://guelbut.co.kr
E-mail juhee6305@hanmail.net
전화번호 031-957-1461
팩 스 031-957-7319
가 격 12,000원
I S B N 978-89-6533-216-9 04810

* 잘못된 책은 바꿔 드립니다